청소부 K

청소부 K

5

Story 신진우 ╳ 홍순식 Art

팀장님,
이것 좀 보시죠.

응?

아무래도
옥탑방 1호실에
불청객이 침투한 것
같습니다.

…

용석아.
상황이 상황인 만큼
시키는 대로 해라.

…알겠습니다,
형님.

무슨 뜻인지
알것나?

기분 나쁘게
실실 쪼개지 말고
내 말 진지하게
들어라잉.

아, 네잉.

11

어떻게
내가 여기 있는 걸
알아챘지…?

짐작대로
CCTV 카메라로
지켜보고 있는 건가…

기왕 들킨 거
제대로 놀아주지.

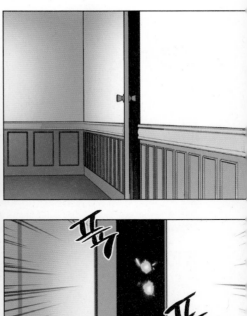

크윽!

!?

뭐 폭발한 거
맞지…?

그, 그런 거
같은데…

무슨 일인지
내가 보고 오마.

저기요,
아저씨. 이거 혹시…
청소부 K가 처들어온 거
아니에요?

그럴지도
모르니까 너희 꼼짝
말고 여기 있어.

나오면
절대 안 된다.
알았지?

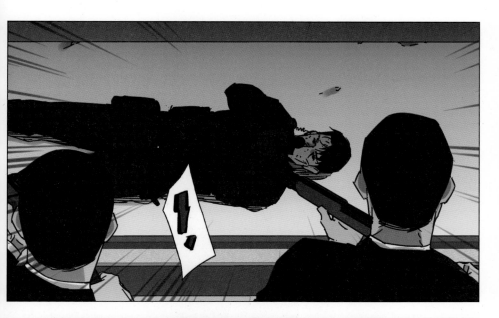

혀, 형님…

저희 팀
모두 김진한테
당했습니다…!

뭐, 전부
당했다고!?

네, 저 빼고…
전멸입니다.

아니, 시방 니넨 대체 뭘 한 거냐?

죄송합니다. 형님. 면목이 없습니다.

그럼 김진인가 그놈아는?

3층으로 뛰어내린 것만 확인했습니다.

3층으로 뛰어내려? 거참, 더럽게 잽싼 놈이네.

305호에 김진 확인.

305호?

야, 느그 후딱 올라가서 아주 개작살을 내버려라! 알긋냐?

네. 형님!

야, 3층으로 애들 보낼 테니께 니도 싸게 내려와서 거들어라잉.

알겠습니다. 형님.

애들은 방에 있어?

네. 밖으로 절대 나오지 말라고 했습니다.

좋아. 우리도 슬슬 준비해야지.

회장님. 이제 나가실 준비하시죠.

그러지.

오케이. 자, 휴식 끝. 장비들 챙겨서 모두 나와.

할아버지, 어딜 가는데요? 제 친구들은 그냥 놔두고 가요?

이 새끼는…
그럼 나 친구들이랑
같이 죽을래?

군소리 말고
따라오기나 해.

…

으윽!

콜록!

!?

콜록!

어디 갔지?

저기
305호…

OK.

제기랄…

사, 살려
주십쇼…

철우야…

3층 어떻게 됐냐?

크윽!

어이, 대답 좀 해보드라고.

철우야!

스

이 친구
대답을 듣긴 힘들 거야.
아주 먼 곳으로
여행을 떠났거든.

！

너, 이 새끼!
감히 내 부하를
다 죽여…!?

네놈을 반…!!

이 좆만 한 핏덩어리가… 내가 통화하고 있는 거 안 보여!

쉿.

이야~ 우리 김 과장님 대단하시네.

아무리 훈련 안 된 오합지졸이라지만 열댓 명을 혼자 다 처치하다니…

그 나이에 힘들지 않수? 웬만하면 그냥 누워 계셔. 우리가 편히 보내드릴게. 응?

누군가 했더니 박진열이군. 눈물콧물 질질 흘리면서 훈련 받던 애송이 요원 시절이 엊그제 같은데 많이 컸어.

노인네 참, 말이나 못 하면 밉지나 않지.

61

내가 오늘 너희를
다 죽일 거니까.

날 죽이려면
줄 서서 한참 기다려야
할 거요.

날 죽이고 싶어
안달 난 인간들이 하도
많아서 말이야. 그럼
이만 끊겠수.

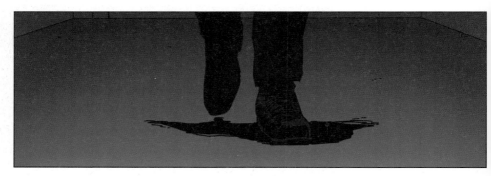

야, 밖에
아무도 없나 본데…?
아무 소리도
안 나.

혹시 우리 빼고
다 죽은 거 아냐?

넌 헛소리
좀 그만해. 진짜
짜증 난다.

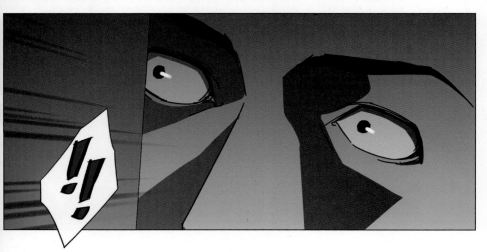

왜 그래?

그, 그게…

으앗!

어디 있나
했더니 쥐새끼들처럼
여기 숨어 있었군.

…

팀장님.
타깃이 덫 안으로
들어갔습니다.

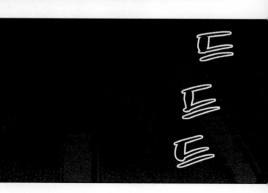

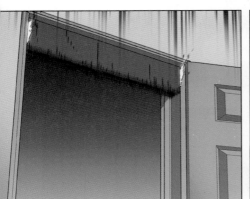

뭐, 뭐야,
이건…?

…

사, 사람 살려…!

청소부 K가
여기 와 있어요!

컥!

젠장…
이거 함정에
빠져버렸군.

어이,
김 과장님!

따님 성폭행한
놈들이랑
잘 만나고
계십니까?

네. 인원이
얼마 없어서요.
손자분도 총을
들어야 합니다.

거참.

내가 어렵사리
만든 자리인데,
마음에 드나
모르겠네.
응?

회장님도
받으시죠.

나도 쏘라고?

그래.
마음에 드는군.

지금까지
네놈이 한 짓 중에
가장 마음에 들어.

그럼 빨리 따님
원수나 갚으슈.
마지막 가는 길인데
그 정도 시간은 드려야지.
옛정이라는 게 있는데,
안 그래?

히익!

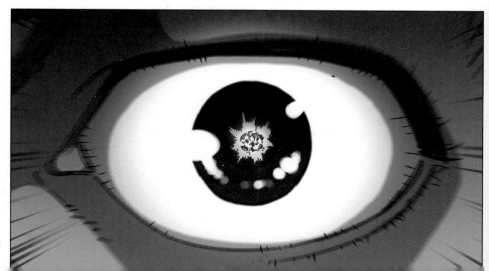

노인네 명줄 하난
진짜 더럽게 기네.

내가 오늘
그 명줄을 확실하게
끊어주지.

크크.

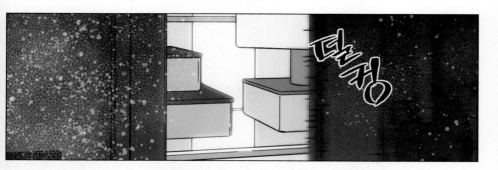

저기,
아저씨…

저, 저도 좀
살려주세요…
제발.

내 딸 수희가
그렇게 애원했을 때
넌 어떻게 했지?

자업자득이다.
내가 직접 널 죽이진
않겠지만 그렇다고
도와주지도
않을 거야.

꺼져.

쿵

씨발.

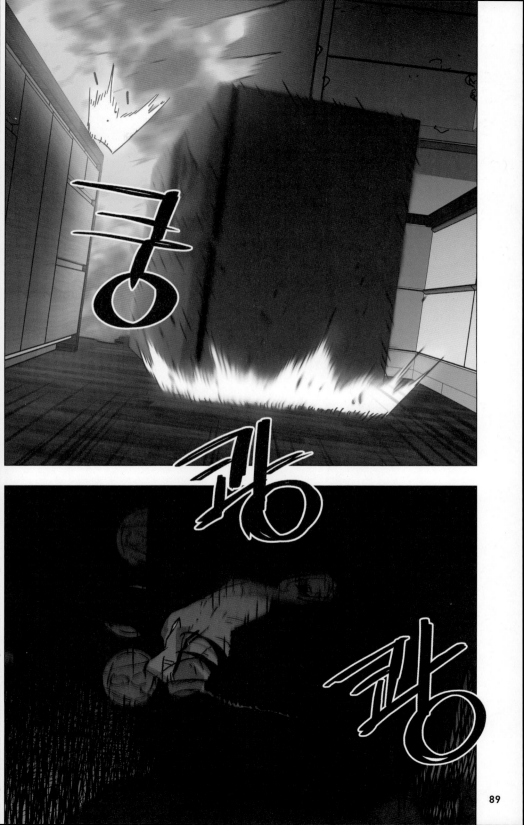

저거 폭발음 맞지? 대체 무슨 일이야?

신고 내용 들어보니까 용 회장 별장 쪽에서 총성이 계속 들린답니다.

대동그룹 용 회장…?

네.

지금 용지운 회장 별장으로 출동하려는 건가?

네, 그렇습니다. 서장님.

다행히 아직 출동 전이군. 모두 출동하지 말고 대기하고 있으라고 전하게.

네!? 그게 무슨 말씀이신지…

좀 전에 청와대에서 연락이 왔는데…

용 회장 별장에서 무슨 일이 벌어지든지 간에 꼼짝 말고 대기하라더군.

그게 우리를 위한 길이라고… 그러니 다들 출동하지 말고 대기하고 있게. 명령일세.

…

이건 내 짐작인데… 청와대에선 이번 기회에 용 회장이 죽길 바라는 거 같아…

케액…!

…!

어이,
조폭 회장님.

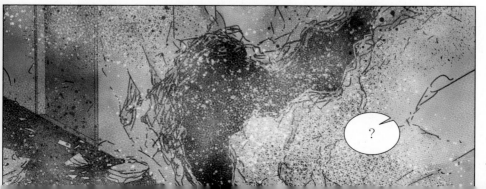

어? 팀장님, 김진이 아직 살아 있습니다.

뭐?

그게 무슨 소리야?

방금 전에 벽에 뚫린 구멍을 통해 복도로 나가는 모습이… 직접 한번 보시죠.

씨발, 진짜 더럽게 안 죽네. 노인네 명 질긴 건 알아줘야 된다니까.

그럼 어쩔 수 없군. 우리가 직접 나서는 수밖에.

타

나도 끼워줄 거지?

내 팀원만 쏘지 않는다면.

크크.

좋아.
제군들
주목!

지금부터
토끼 사냥을
시작한다.

사상자 없이
깔끔하게 마무리 짓고
내려갈 수 있도록.
그럼 무기와 장비
최종 체크.

무전기 확인.
이상 무.

야시경 확인.

같이 가시죠, 회장님.

회장님,
내 앞으로 오시죠.
뒤통수가 따가운 게
영 신경 쓰이네.

개자식. 이번 건만
마무리되면
네놈 아가리를
찢어 죽여주마.

껀미익

우엑!

으...

죽다 살았군.

진압 작전
시작했나 본데.

3조 현관 앞
진입 준비 완료.

여기는 깍두기.
3조와 함께
현관 앞 대기 중.

좋아.

여기는 2층.
놈이 도망친 구멍 발견.

복도로 나가려는데,
2층 철문 열어줄 수
없습니까?

오케이,
오케이.

열려라,
참깨.

네.

섬광탄…?

2층에서 김진 발견.
현재 교전 중,
지원 바람.

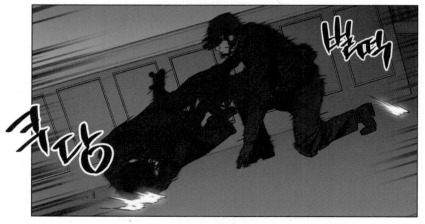

129

제기랄…

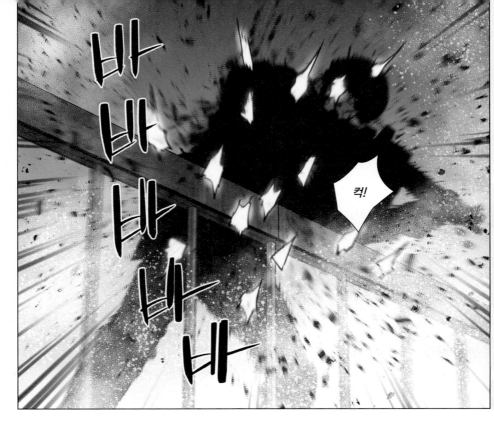

!?

여기는 1조.
2조 응답하라.
어떻게 됐나?

놈을 처치했나?
2조… 제길, 대답해.

2조와 연락이
두절됐다.
3조는 2조 상황
확인 바람.

3조…? 3조…!
대답해!

보아하니
다들 김진에게
당한 것 같군.

빌어먹을…
어떻게 하지?

어쩌긴,
이 깍두기가
나설 차례지.

자, 준비해.

네.

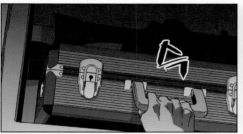

!?

드론으로
건물 안을 탐색하겠다.
그동안 대기하고 있다가
놈을 확인하는 대로
협공한다.

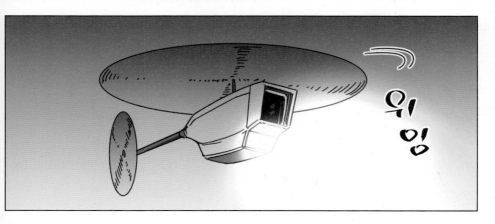

3조로 추정되는
두 구의 시체 발견.

그럼 2조 이인규는
어디 있는 거지?

뭐, 집구석
어딘가에 누워 있겠지.
큰 기대는 하지
말라고.

2층으로
올라가보겠습니다.

청소부 K

김진 발견!
방 안으로
몰아넣었다.

잘했어.
우리도 지금
올라간다.

야, 넌
여기서 두 사람
지키고 있어.
알았지?

나머진 나랑
함께 들어간다.
가자.

네.

이크!

놈이 당구대
뒤에 숨어 있습니다.
수류탄 준비하는 동안
엄호사격
부탁합니다.

알았다.

155

어디야!
내가 놈을 붙잡고
있으니까
빨리 오라고!

이보게, 멍하니 서서 이럴 게 아니라 경찰 지원 요청도 할 겸 가까운 읍내로 나가지. 거기서 안전하게 기다리는 게 낫지 않겠나?

안 됩니다. 팀장님 허락 없이 이 지역을 벗어날 수 없습니다.

일단 가만히 계시죠.

…

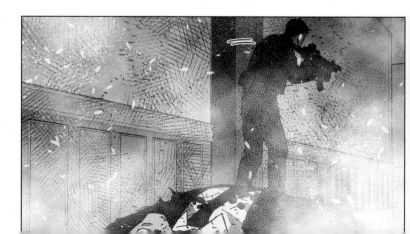

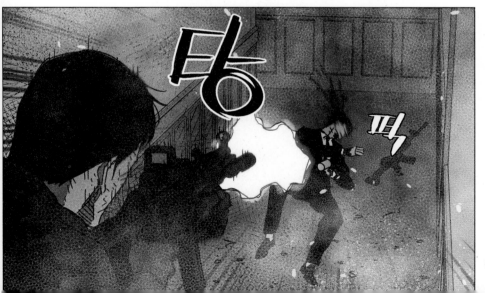

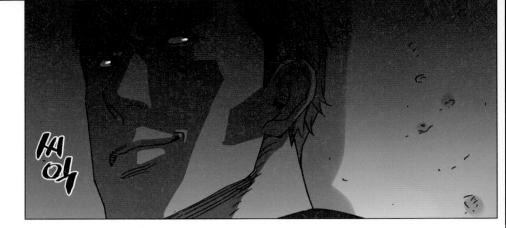

으...

이익…!

제, 젠장…!

자… 자,
잠깐만요!
잠깐만요.
김 과장님.

?

정말 제가
잘못했습니다. 이번
한 번만 용서해주십쇼.
네? 제발요…!

215

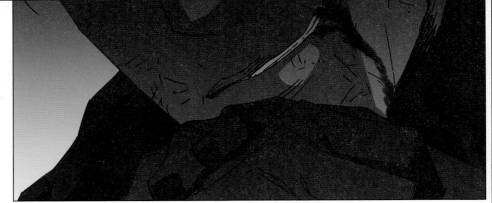

커억!

그어억…!

이봐,
이거 너무 조용한 게
좀 이상하지 않나?

그 박 팀장한테
어떻게 됐냐고 연락 좀
해보게. 느낌이 영
안 좋아.

… 기찮게끔…

팀장님.
죄송합니다만
안의 상황 어떻게
됐습니까? 용 회장이
자꾸 물어봐서…

팀장님?
응답 바랍니다.
박 팀장님,
안 들리십니까…?

병신…

드디어
만났군.

용지운 회장
나으리.

할아버지,
뭐 해요! 얼른
타라고요!

빨리요!!

바로 뒤에
쫓아온다!
더 밟아요!

?

지붕으로
올라갔어…

229

크윽.

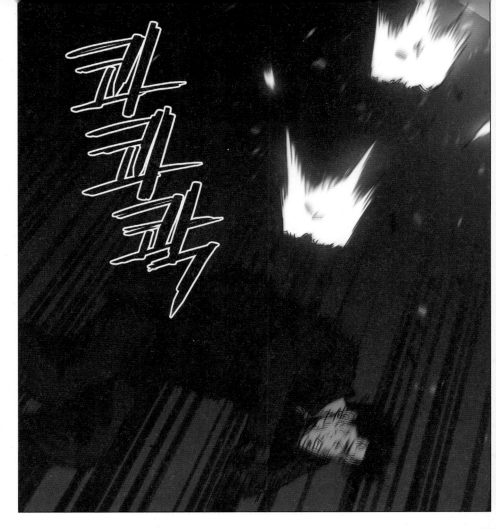

개자식…!!

탕

탕

탕

어서 도망가거라.

나는 상관 말고…

하, 하지만…

어서!

…네.

뭔가 착각하고 있군. 난 지금 정의를 행하는 것이 아니야. 복수를 하고 있을 뿐이지.

불쌍하게 죽어간 수희와 어머니를 위한 복수.

…

그 일념 하나로 지금까지 버텨왔다.

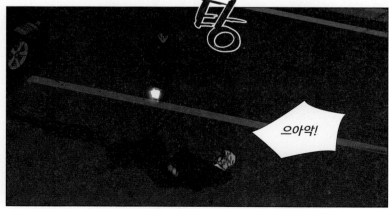

탕

으아악!

그깟 돈
필요 없어.

내 딸과 어머닐
살려내. 그럼 네놈을
살려주지.

그, 그런 말도
안 되는…!

그래.
네놈이 그런 말도
안 되는 헛소리를
한 거야.

오늘 새벽 충북 단양에 위치한
용지운 회장의 별장에서 총상을 입은
시신이 무더기로 발견돼 경찰이
수사에 나섰습니다.

경찰은 밤새 총성이 이어졌다는 인근 주민들의 증언을 바탕으로 용지운 회장을 보호하기 위해 모인 이들이 일명 '청소부 K'라고 불리는 김 모 씨와 격렬한 총격전을 벌이다 숨진 것으로 파악하고 있습니다.

경찰은 이 과정에서 최소 30명이 숨졌으며, 이들 중 용 회장의 시신도 포함되어 있다고 밝혔습니다.

한편 단양경찰서에 특별수사본부를 차린 경찰은 군경 1,000여 명을 동원해 용의자의 행방을 쫓고 있지만, 현재까지 이렇다 할 단서를 찾지 못한 것으로 알려졌습니다.

경찰 관계자는 사건 발생 지역이 CCTV가 드문 산간 지방이라 수사에 어려움을 겪고 있다면서 용의자 김 모 씨를 발견하는 즉시 112로 신고해달라며 주민들의 적극적인 동참을 당부했습니다.

한편 일각에서는 복수를 끝마친 용의자가 해외로 도피했을 가능성이 높다며 경찰의 안이한 대처를 강하게 비판했습니다.

용 회장 별장서 대규모 총격전… 33명 사망

261

준비 다 됐나?

네. 다 됐습니다.

그럼 가지.

나도 이제 늙었나 봐. 푹 잤는데도 피곤이 안 풀리네.

?

근데 팀장님, UDT 나오셨나 봐요?

아, 이거?

UDT/SEAL

그래, 맞아. UDT 동기 녀석과 제대 기념으로 새긴 부대 마크지.

철수!
모두
헬기에 올라
타라!

벌써 25년 전
일이군.

진아.

268

김 진(金 進)

700521-1XXXXXX

특별시 성동구 XX로

1203호

그 남자는 군 시절 내 목숨을 여러 번 구해준, 은인이나 다름없는 친구였지.

드디어… 해묵은 빚을 갚을 기회가 찾아왔다고 생각했다.

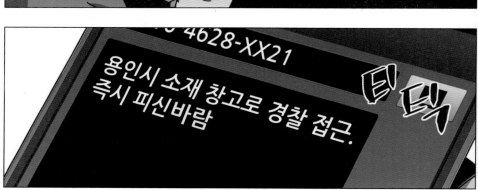

4628-XX21

용인시 소재 창고로 경찰 접근. 즉시 피신바람

용인시 소재 창고로 경찰 접근.
즉시 피신바람

형사로선
실격이지만 말야.

빚은 갚았어, 친구.
행운을 비네.

청소부 K씨에게.
010-8329-37XX으로
연락바람.
진지한 제의
가격불문.

헐ㅋ 졌다.
아 놔, 갑자기
수제비 땡기네.

그치,
먹고 싶지?

야, 우리
너네 아빠 가게 가서
수제비 먹으면
안 돼?

청소부 K

시즌 1
"복수자"
끝

Season 1
"Revenger"
END

신진우

'인신매매 조직에게 납치당한 후 사창가에 팔린 애인을 구출하기 위해 무장탈영한 공수부대원 A의 처절한 복수극'

20년 전, 아이디어 노트에 간단히 적어놓은 『청소부 K』의 초안입니다.
이후 트렌드가 바뀌고 제가 나이를 먹어가면서 공수부대원에서 청부 해결사로, 청부 해결사에서 딸을 가진 국정원 요원으로 주인공의 역할이 조금씩 바뀌었습니다.
소재도 애인을 구출하는 이야기에서 집단 성폭행 당한 딸의 복수로 바뀌었죠.
변하지 않은 건, '사회를 좀먹는 악을 처단하는 다크 히어로물'이라는 기본 콘셉트였습니다.
돌이켜 생각해보면, 만약 20년 전에 『청소부 K』를 작품화했다면 저의 미숙함 때문에 지금과 같은 완성도는 힘들지 않았을까 싶습니다.
아무래도 이야기를 풀어나가는 역량에 있어 40대인 지금이 훨씬 완숙하고 20년 가까운 세월 동안 작품이 조금씩 다듬어지고 보태지면서 독자분들의 기대치에 어느 정도 부흥하지 않았나 하는 생각이 듭니다.
그리고 무엇보다 2년이라는 연재 기간 동안 끊임없이 격려해주시고 응원해주신 독자 여러분 덕분에 무사히 끝마칠 수 있었다고 생각합니다.
정말 진심으로 감사드립니다.
더 노력하고 발전된 모습으로 시즌 2에서 만나 뵙겠습니다.

홍순식

2년여의 연재를 마치고 몇 개월의 시간이 지났습니다.

지금 돌이켜보면 어떻게 연재를 했는지 까마득합니다. 정말 매주 마감을 맞추어 작업을 했다는 게 믿기지 않습니다.

만화를 10년 넘게 해왔지만, 여전히 연재에 앞선 두려움이 있습니다.

마감을 지킬 수 있을지, 재미는 있을지, 연재할 동안 과연 최선을 다할 수 있을지, 무사히 연재를 마칠 수 있을지…….

동시에 공부를 게을리하지 말아야겠다는 압박감도 있습니다.

아마 이 두려움과 압박감은 앞으로도 사라지지 않을 것 같습니다.

때문에 이렇게 작가의 말을 쓸 수 있는 기회가 무엇보다 소중합니다.

이 소중한 기회를 빌려 탑툰과 투유드림, 스토리를 써주신 신진우 작가님께 감사드리고, 무엇보다 『청소부 K』를 읽어주시는 독자 여러분께 감사드립니다.

Season 2

To be continued.

SPECIAL PAGE

청도복서

미정

요런
같지
않게

김수희 (K의 딸)　　　　　15세
　　　　　　　　　　　　중학생.

백기형

언제 길까?

서인규
(국회의원)

조재영 (대검
수사부장)

눈두덩
팔자주름
미소.

군복에만
안경
꺽다리임

이은경 (고용부 장관)

한병관 (비서)

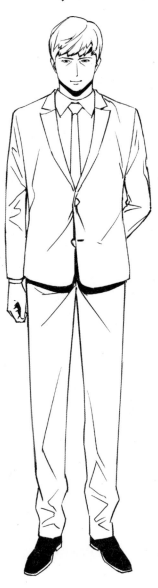

청소부 K 5

초판 1쇄 인쇄 2018년 11월 28일
초판 1쇄 발행 2018년 12월 10일

지은이 신진우 홍순식   **펴낸곳** (주)해피북스투유
펴낸이 김문식 최민석   **출판등록** 2016년 12월 12일 제2016-000343호
편집 강전훈 이수민 김현진   **주소** 서울시 마포구 독막로 178-1, 5층 (구수동)
디자인 손현주   **전화** 02)336-1203
편집디자인 홍순식 박은정   **팩스** 02)336-1209

ISBN 979-11-88200-47-4 (04810)
      979-11-88200-42-9 (세트)